Le costume neuf
de
l'empereur Pingouin

À ma mère

**Je remercie mon mari Derek Lamb et l'équipe de
Kids Can Press pour leur aide, leur appui et leur inspiration.
Je remercie aussi Ollie Hollowell, Liberace, Gayle Coleman,
Louis XIV et Louis XV, et, bien sûr, Hans Christian Andersen.**

Données de catalogage avant publication

Perlman, Janet, 1954-
[The Emperor Penguin's new clothes. Français]
Le costume neuf de l'Empereur Pingouin

Traduction de : The Emperor Penguin's new clothes.
ISBN 0-590-24324-1

I. Titre. II. Titre: Emperor Penguin's new clothes.
Français.

PS8581.E726E514 1994 jC813'.54 C94-930977-X
PZ23.47Co 1994

Les illustrations de ce livre ont été réalisées sur des acétates
mats avec de l'encre et des crayons de couleur, et peintes
ensuite sur le revers avec de la peinture acrylique.

Titre original : The Emperor Penguin's New Clothes
Édition publiée par Les éditions Scholastic, 123, Newkirk Road,
Richmond Hill (Ontario) L4C 3G5, avec la permission de Kids Can Press Ltd.

Consultation graphique : N.R. Jackson

4 3 2 1   Imprimé à Hong-Kong   4 5 6 7/9

Le costume neuf de l'empereur Pingouin

Reconté et illustré par
Janet Perlman

Texte français de Christiane Duchesne

Les éditions Scholastic

Il était une fois un empereur Pingouin qui aimait tant les beaux vêtements qu'il donnait tout son argent pour être bien vêtu. Il avait un costume différent pour chaque heure du jour et lorsqu'il n'avait rien de neuf à porter, il sombrait dans l'ennui.

«C'est l'habit qui fait le pingouin!» se plaisait-il à répéter.

Il n'avait pas de temps pour ses soldats ni pour les gens de sa cour. Si quelqu'un demandait où se trouvait l'empereur, la réponse était pratiquement toujours la même : «Il est dans sa garde-robe.»

Un jour, deux chenapans entrent dans la ville. Ils se font passer pour des maîtres-tisserands, capables de tisser un tissu magique. Non seulement ce tissu était exceptionnellement beau, mais parfaitement invisible aux yeux des gens malhonnêtes ou des simples d'esprit. Une rareté, en vérité.

Tous les pingouins sont émerveillés, même si aucun d'eux ne peut s'offrir pareil luxe.

Lorsque cette nouvelle parvient aux oreilles de l'empereur Pingouin, celui-ci s'écrie :

— Voilà ce qu'il me faut! Avec un costume taillé dans ce tissu, je saurai reconnaître les gens malhonnêtes et les simples d'esprit. Il me faut ce tissu le plus vite possible!

L'empereur ordonne aux tisserands de lui tisser ce tissu hors de l'ordinaire. Il ordonne de leur verser des quantités d'or et de leur fournir le fil de soie le plus fin.

Les chenapans installent deux immenses métiers à tisser, mais ils gardent la soie pour eux. Nuit et jour, ils restent assis à leur métier et font semblant de travailler très fort, même si les métiers sont vides.

Après quelque temps, l'empereur se demande où ils en sont.
Il envoie donc trois de ses ministres, en qui il a une confiance
absolue, pour voir comment va le travail.

Les tisserands les accueillent avec grand enthousiasme.

— Voyez, s'exclament-ils. Jamais nous n'avons réussi d'aussi beau tissu que celui-ci, destiné à votre empereur!

Lorsque les ministres se penchent sur les métiers, ils restent bec bée. Ils ne voient rien, rien du tout! Les tisserands leur font admirer les détails : ici le dessin, là la richesse des couleurs.

Les ministres sortent leurs lunettes, mais n'arrivent pas
à voir le moindre fil.

«Est-ce possible que je sois malhonnête? Ou carrément
bête! se demande chacun d'eux. Peut-être n'ai-je pas les
qualités d'un bon ministre? Ça, jamais l'empereur ne doit
le découvrir!»

— Une pure merveille, dit alors l'un des ministres.
Les couleurs sont tellement... brillantes!

Et les autres ajoutent :

— Oui, c'est tout simplement magnifique! Fabuleux!
Nous allons de ce pas dire à l'empereur quel
extraordinaire costume il aura!

L'empereur est enchanté de la nouvelle. Il envoie aux tisserands encore plus d'or, et plus de soie pour achever leur travail. Encore une fois, ils gardent la soie pour eux et ne tissent rien du tout.

Les jours passent et l'empereur s'impatiente; il veut voir
ce tissu. Il décide donc d'aller lui-même voir les tisserands.
Il se fait accompagner de ses meilleurs conseillers et des
trois ministres qui ont déjà vu le tissu.

Quand l'empereur et son entourage arrivent à l'atelier, les deux tisserands s'inclinent très bas et les invitent à admirer le tissu.

— N'est-ce pas le plus merveilleux tissu que vous ayez jamais vu? demandent-ils fièrement.

— Oh! oui, s'exclament les ministres.

Et l'un d'eux ajoute :

— Il me semble même que les couleurs sont plus vives
que dans mon souvenir!

Les autres restent sans voix. Ils examinent les métiers
de tous les côtés et même en dessous, mais personne n'arrive
à voir la moindre parcelle de tissu. L'empereur se frotte
les yeux, incrédule.

«Ciel, songe-t-il, si tous les autres voient le tissu, pourquoi
est-ce que moi je ne vois rien? Suis-je malhonnête? ou imbécile?
Tout ceci est terrible et personne ne doit le découvrir!»

— Ce tissu est magnifique! dit enfin l'empereur.
Quelle habileté! C'est superbe!
Et tous les autres ajoutent :
— Tout à fait! Le motif est saisissant! Merveilleux!

L'empereur commande aussitôt qu'on lui taille dans le tissu un costume et un manteau à traîne.

— C'est ce que je porterai lors d'un grand défilé, pour que tous puissent m'admirer! s'exclame-t-il.

— Bonne idée! disent les tisserands en prenant les mesures de l'empereur.

Bientôt, tous les pingouins du royaume ne parlent que du grand défilé.

Au cours des jours qui suivent, on voit les tisserands couper
l'air avec leurs ciseaux, coudre avec des aiguilles sans fil, poser
d'invisibles boutons, des ornements que personne ne voit.
La veille du défilé, ils font brûler des quantités de bougies pour
que les passants voient combien ils travaillent.

Le lendemain matin, les tisserands courent au palais et déclarent :

— Le costume de l'empereur est terminé!

— Regardez, c'est la veste! dit le premier en faisant semblant de tenir le vêtement.

— Et voici le manteau, dit l'autre.

«Mon Dieu! Je ne vois rien, se dit l'empereur. Mais comme tout le monde les voit, ils doivent bel et bien être là.»

Les tisserands aident l'empereur à enfiler le costume, morceau par morceau.

— C'est parfaitement à votre taille! dit l'un.

— Et la couleur vous va si bien! ajoute l'autre.

— En effet, dit l'empereur. Ces habits sont si légers, on dirait de la plume! Brrr! N'y a-t-il pas un courant d'air?

Les pingouins de la Cour ne tarissent pas d'éloges
sur le costume de l'empereur.

    — Le fin du fin de la mode! disent-ils avec grand
enthousiasme. Admirable! La plus pure perfection!

Les trompettes résonnent et le défilé s'ébranle. Partout, les pingouins ont envahi les rues, attendant impatiemment l'apparition de l'empereur dans son nouveau costume. Quel magnifique défilé! Viennent d'abord les soldats et les musiciens de fanfares dans de splendides uniformes, suivis de danseurs et d'acrobates dans des costumes très colorés.

Suivent ensuite les pingouins de la cour dans leurs longues
tuniques et, enfin, l'empereur qui avance d'une démarche fière,
le bec bien haut. Les porteurs de la traîne impériale le suivent
en faisant semblant de tenir quelque chose. Un profond silence
tombe sur la foule à l'approche de l'empereur.

Tous regardent, étonnés. Pas un seul pingouin ne peut voir le costume de l'empereur. Mais au moment où les premiers lancent des cris d'admiration, les autres les imitent. Personne ne veut passer pour malhonnête ou simple d'esprit.

— Regardez l'empereur! Voyez comme il est majestueux!

Les cris fusent de tous les côtés. La foule entière salue l'empereur et celui-ci les salue en retour.

Tout à coup, une petite voix se fait entendre.

— Mais il n'a rien sur le dos!

C'est un tout jeune pingouin qui vient de parler.

Une partie de la foule se tait pendant que le pingouin dit plus fort :

— Vous ne voyez pas? L'empereur est tout nu!

L'empereur a entendu et il en est tout retourné. Mais aussitôt, les pingouins répètent ce que le jeune pingouin a dit, d'abord comme un murmure, puis plus fort, jusqu'à ce que toute la foule crie :

— C'est vrai, l'empereur n'a rien sur le dos!

Le bec de l'empereur tourne au rouge vif, car il sait bien que cela doit être la vérité.

Il ne lui reste plus qu'à marcher dignement, suivi des porteurs de la traîne impériale qui ne portent rien du tout! Quant aux deux chenapans, on ne les a jamais plus vus dans la ville.